ジャダ
jada

藤原龍一郎
Ryuichiro Fujiwara

短歌研究社

目次

ジャダ

装幀　クラフト・エヴィング商會

ジャダ

I

朔太郎

木犀に金銀独逸語仏蘭西語

大正の花の都の憂鬱の鏡に詩人映りて冥し

みぞれふる日にもわれは東京を恋しと思ひしに　―「青猫」

六本木ヒルズは暗喩ならざれば硝子の壁に雨滴の飛散

秋風に暗喩こはれてしまひけり

韻文は孤独遊戯か復活《リフレク》の呪文唱えよ「あるす・ざんぼあ」

暗愁の、曇天の、吠えつきたい天気があつた　　―「絶望への逃走」

テレビより星占いの聞こえ来る知りたきはわが文運なれど

文弱も良きかな夜の鳳仙花

大正十四年の日暮銀幕に無言のバスター・キートン走る

あはれ身を藻草のたぐひとなし　　―「その襟足は魚である」

わが死後を思う愉楽も通勤の退勤のその秘かな習い

秋麗のアプレゲールは遊ぶかな

躁の日の妄想なれば朔太郎・乱歩も乗せて廻れ木馬よ

お　このおびただしい瞳孔　　―「軍隊」

オールスター感謝祭なる虚無ありて液晶画面に虚無が煌めく

黄落や純文学にあこがれる

珈琲店「酔月」の紙ナフキンに「都会に死す」と書きて遊べや

すべてがらじうむのやうに光つてゐる　　―「酒精中毒者の死」

詩人の血あるかもしれずヤフオクの画面に見入り他界のごとし

長き夜の書斎派として又従兄弟

マンドリン趣味の詩人の霊在りて高層用エレベーターに爪弾きの音

このへんてこに見える景色のなかへ／泥猫の死骸を埋めておやりよ　―「猫の死骸」

文学はメディアに泥《なず》み腐敗すと深夜ラジオに受信しており

日の果てにかつ散る紅葉散りにけり

汐留シオサイトにダンスホールありて稲子は踊り輝子は踊る

ああ、都会の空をとほく悲しくながれてゆく煤煙　―「さびしい人格」

精神的病雁として我在らば「飛べよかし！」とぞメールが告げる

三遊亭圓朝殿に虫時雨

神経を病むもお洒落ぞ松坂屋銀座店には虎吼えいたり

私は嗅ぐ　お前のあやしい情熱を　　―「薄暮の部屋」
アンチロマンのアンチ嬉しき性なれば区立図書館頽唐すべし

芦刈や文学好きの役たたず
有明家具センターに安楽椅子並び人間椅子も有るべし有るぞ

ああ　なんといふはげしく陰鬱なる感情のけいれんよ　―「黒い風琴」
採血の管に流れる血の色に詩的苦悩を念じ続けよ

花野道かくなる道もありしとは
大渡橋わたる人レインボーブリッジ橋上には走る人

そこに苦しげなるひとつの感情　　―「薄暮の部屋」

診察を終えて薬を待つ長き長き時間に李賀を思えと

露寒や机の上の私小説

東京メトロ乃木坂駅は降りず過ぐ乃木坂倶楽部に詩人はいるか

かの高き冬至の屋根に口を開けて／風見のごとくに咆号せむ　　―「虚無の鴉」

文学を容れる日常なればこそあえて芽むしり仔撃ち拒まず

いたましく秋逝く戦火想望や

イージス艦品川沖に浮びたり氷島目指す航路ならずや

わたしたちは蛇のやうなあそびをしよう　―「愛憐」

官能は比喩のみならず劣勢の詩歌に執し夜の蟬鳴く

文藝の混沌としてとろろ汁

丸の内OAZO丸善行き暮れて雑誌「生理」を探せど有らず

もう暦もない　記憶もない　―「怠惰の暦」

サモワールの滾り立つ音耳に憑き言葉選びてコカインまみれ

文房具店に筆買ふ時雨かな

黄昏のメエゾン鴻乃巣に我在らば朔太郎派と嘯《うそぶ》き寒し

わたしの霊魂はむずがゆい恐怖をつかむ　―「くづれる肉体」

夜のオフィスにはコピー機のプリンタのファクスの憑依霊が跋扈す

神経といはれてしまひ蚯蚓鳴く

大江戸線汐留駅の地下深く虚無の海あり氷島浮かぶ

それがじつにあはれふかくみえ、けぶれるごとくに視え　―「地面の下の病気の顔」

キーボード打ちて字を生むからくりのありのすさびの詩歌極楽

＊奇数番の作品の詞書の俳句は自作。
偶数番の作品の詞書は萩原朔太郎の詩篇よりの引用。

キシガミ

準備はすでに完了した。もはや時間の経過が、予定のプログラムを遂行するだろう。
岸上大作「ぼくのためのノート」

福崎に遺骨帰還し曇天の雲の隙より雨滴落ち来る

上京の夜汽車のニスの濃き臭《にお》い纏いしままに自死は栄光

三丁目の夕日のごとき東京の明日に立志の夢ありし頃

学帽をかぶるおしゃれのさびしさを告げざれば食パンの耳食う

東横のれん街に大学芋を買う痩せたメガネの男は誰か

喫茶店カスミのコーヒー苦けれど詩論・歌論を語りて尽きず

卓上にスープの皿は冷めながら近眼鏡の度の強きこと

定型の詩歌の力朦朧と闇にウインクするダッコちゃん

ドブ河にメタンの泡のあまた浮き劣情おさえかねつつ孤独

妄想は常に悲愴ぞ謝国権『性生活の知恵』もさびしき

街路樹の葉の風鳴りの耳につき〈カレ〉への手紙ポストに落とす

短歌研究新人賞応募原稿清書する健康な指・ソウメイな指

卒業し田舎教師となる明日を否み下宿の畳の汚れ

恋があり革命があり、そう、みんな、信じていたね、信じていたさ
デモに居る無名をむしろ誇らしくカフカを思いロルカを思い

行為と死その酷薄の六月の贖罪として頭《ず》の裂傷を

若き死の理不尽なれば悲歌となりこの卵殻の鈍き蒼白

チャプスイの熱さ温《ぬる》さを口中に確かめながら無援こそ花

文学の仮想敵とて最愛の　撃つべし！　寺山修司、撃つべし！

十月の理由とは何　暗色の電車が高架線路を走る

思想詩よ機会詩よあれ！　テレビにはケネディ大統領の勇姿が

日比谷公会堂にテロルは発火して浅沼は死す　拒絶し続けよ

顔はレインコートでかくす。電気を消して真暗闇の中で書いている。デタラメダ！
岸上大作「ぼくのためのノート」

ラジオから若き歌人の死のニュース聞こえる昭和の夜ありき　亡び

書かれざる沼空論よ寒風に原稿用紙千枚が飛ぶ

もう水を噴かぬ噴水忘却のかく簡潔に比喩となるのみ

今さらに死者の歌読む韜晦に水栽培の根はもつれあい

マンションの窓の外には雲流れその陰翳を黙示となさば

アイザック・K死後一万六千の夜は過ぎ放置自転車無数

意志表示する精神の肉体のホロバザルユエ、イキノビザリキ

小川太郎著『血と雨の墓標　評伝・岸上大作』再読

四十年後へ生き延びて岸上論を書き小川太郎は去りき、冬闇

杉並区久我山、一九六〇年十二月五日早朝、死者の目に映る裸木が寒風に揺れていた。

「言葉は思想」と誰が言いしか言葉もて生者を撃ちて永遠《とわ》の沈黙

伝説は朽ち夕闇はさらに濃く語り継ぐべく寒星光る

参考資料
岸上大作著『意志表示』（白玉書房）
岸上大作著『もうひとつの意志表示・岸上大作日記大学時代その死まで』（大和書房）
岸上大作著『意志表示』（角川文庫）
小川太郎著『血と雨の墓標　評伝・岸上大作』（姫路文学館）
高瀬隆和著『岸上大作の歌』（雁書館）
神田文人・小川英夫編『戦後史年表１９４５〜２００５』（小学館）

八十

西條八十は明治二十五年一月十五日、東京市牛込区に生まれた

「火事はどこだ？　牛込だ」軽口も冗語も言葉祝福すべし

韻文の賜物として懈怠ありイェーツが笑い露風が笑う

象徴の詩法の末裔《すえ》として生きて砂金は孔雀過ぎゆく孔雀

選ばれて詩歌の人ぞ流行の神の慈愛は巷にあふれ

一生を／子供のやうに、さみしく／これを追つてゐました、と。　「蝶」『美しき喪失』昭和四年刊

むしろランボーのごとくさびしき終幕を当然として遊星の人

聖杯を分かちて日夏耿之介早稲田の杜の詩歌燦爛

姉は血を吐く、妹は火吐く　「トミノの地獄」『砂金』大正八年刊

発火する言葉こそ贄《にえ》寺山の魔法と八十の真紅の夢と

ジャズで踊って

リキュールのグラスに映る飛行船ツェッペリン飛ぶ帝都は夢か

シネマ見ましょか、お茶のみましょか　昭和四年「東京行進曲」

モボとモガなる刹那こそ小田急で逃げのびるべしこの世の果てへ

昨日、勤皇、明日は佐幕「サムライ・ニッポン」昭和六年

酔いどれは船のみならず永遠に酔う韻文のアナキストたれ

昭和八年の夏は東京音頭の夏、荷風は馬鹿囃子とこれを忌避した

民族のラジオ受信機総統の声も東京音頭も流れ

断腸亭日乗のその一行を発見したり、むなしけれども

残雁のあわれを詠い人麿を書き続けたり斎藤茂吉

昭和十年十二月十日、寺山修司生まれる

夢想するゆえに世界は存在し言葉こそ花腐爛せる華

昭和十五年「蘇州夜曲」、時局に不適な頽廃的感傷歌であるとして発売禁止措置

無可有郷としての蘇州は水に濡れ戦火は見えず柳花散り散る

遺棄死体おそらく数千善麿の理性を染めてCHINAの夕陽よ

「誰か故郷を思はざる」は戦中も戦後も歌われた

望郷のまして祖国の落日を寺山修司マッチもて燃す

落葉の道に黒鶫／終止符のごとく蹲る　「夕」『一握の玻璃』昭和二十二年刊

荒涼を癒す言葉の混沌や硝子戸の外夕映えている

月蝕の黒き部分に詩語は生れ詩人の血その出血多量

中学の同窓会なんか開くと「青い山脈」を全員で歌うんですよ　久世光彦「西條八十と昭和の時代」

昭和二十四年「青い山脈」ヒット、杉原一司「メトード」創刊

詰襟の制服黒く面映ゆく久世光彦よ漕げよ自転車

前衛の栄光はかく発芽して「メトード」と呼ぶ奇蹟の器

昭和二十五年、十三歳の美空ひばり「越後獅子の歌」発表

銀幕のひばりの歌と青空を下町小僧泰樹も見たり

昭和三十六年「王将」大ヒット

応召を拒絶せよ！　この風に鳴る樫の一樹も痛みを負いて

昭和三十九年「花咲く乙女たち」ヒット

カトレアの花の華麗や茜射す高度成長神話も詩学

昭和四十五年八月十二日、西條八十没、急性心不全　行年七十九

八十に足らぬ一生を絢爛とかつ暗澹と飾れ星星

母さん、僕のあの帽子どうしたでしょうね？　「ぼくの帽子」大正十一年「コドモノクニ」
昭和五十二年、角川春樹プロデュースによる映画「人間の証明」のためのテレビＣＭの大量露出で
一躍流行のフレーズとなった。

通俗といえど羨しき夭折の瞳ぞ冥き松田優作

その後のスーパーフラット唾棄すべし闇濃密に瘤のある幹

カナリアは危機を歌いて残酷に奪い尽くしぬ春日井建を

絶対の魔王去りたり　言霊も滅びを急ぐ韻文の闇

平成の死はなしくずし　歌の巫女何処の夢に転生せしや

乱歩　――ウツシヨハユメ――

岸上大作は乱歩を読んだことがあったのだろうか？

まぎれもなくロマンチストにありたれど耽美に遠く生きて逝きしか

小野茂樹は、もちろん、乱歩を読んでいただろう。

永遠にその向日の表情に乱歩も千夜一夜も文事

＊

大正八年、平井太郎青年上京。

パナマ帽かぶりて麻の上着着て東京パック記者なれば行く

人生は退屈されど活字好きレンズ狂いの日々の冒険

これやこの大正モダンボーイの血たぎる猟奇よ都会の花よ

D坂は即ち団子坂にして或る日は三四郎も歩みき

知性的快楽こそが近代ぞ二銭銅貨をアイテムとして

イカ天の刹那を燃えて官能は人間椅子としてさようなら

屋根裏に散歩道あり散歩者と徴兵忌避者といずれ果敢無し

火星には運河ぞ有田ドラッグに目玉ぞされば猫町に猫

M県I湾S郡T市「大空に裸女千断の花火」聖餐

通俗をみずから唾棄し悲しめばパノラマ島に日は沈みたり

探偵小説は「科学と芸術の結婚」だと朔太郎は言った。

マンドリン奏者・萩原朔太郎、職業作家・江戸川乱歩

昭和二年四月七日、芥川、心中未遂。

帝国ホテルにも「唯ぼんやりとした不安」満ちて剥製の白鳥の悲鳴

昭和二年六月、乱歩、自作嫌悪のため休筆、放浪。

魚津行き二等切符と遠眼鏡　蜃気楼見る男は誰か

昭和二年七月二十四日、朔太郎は、伊豆湯ヶ島で、芥川の訃を聞く。

文学の黄昏に佇ちつくしたる虚無の鴉が絶望を鳴く

ツェッペリン号浮ぶ上空照り翳り帝都は燃えているか　諸君！

終日を浅草趣味に淫したるルンペン・プロレタリアートこそわれ

文学の耽美を追えば歩は乱れまたの名大江春泥と言う

つきつめて孤島の鬼に至る身の倒錯を官能を乾杯！

「富士」「日の出」「キング」花咲く虚も実もパルプフィクションなれば花咲く

上海は魔都東京は帝都にて「乱歩全集絶賛発売中！」

昭和八年、斎藤茂吉　五一歳。

ヒトラーはラジオに叫びぬばたまのダンスホールに醜聞生るる

昭和十四年、「芋虫」が検閲により全編削除。

「手と足をもいだ丸太」と鶴彬詠いて奥座敷の芋虫

発禁の栄光はあれ！　帝都には軍靴の響きよりも猟奇を！

ノモンハンに戦火！　されどもサイモンズ読むひそかなる情熱の日々

十三年後、乱歩は会員制の雑誌「アドニス」の定期購読者となっていた。

またの名を名乗り合いつつギリシャ的道徳の花ひらく至福ぞ

蜘蛛男・一寸法師・吸血鬼・黄金仮面・二十面相

幻影の城の領主として生きる日々ウツシヨハユメの永遠

乱歩忌の劇中劇のみなごろし　藤原月彦

乱歩死後いくたびの夏　アラン・ポー死後いくたびの夏　のRAVEN*

＊大鴉。Ｅ・Ａ・ポオの詩の題名

反倫理的に際限なく子供が殺されて行く、日本

アッシャー家の領地のごとく暗鬱に陰惨にして罰なき罪過

II

墨堤

洋館に朝の日あたる恩寵を見て過ぎ行けり築地入船

芥川家の血を継ぎし猫なるかぼんやりとした不安に眠る

隅田川沿いの堤防灰色につづき苦役のごとく歩みき

清洲橋、永代橋の百年の幻影見ゆる焰《ほむら》立ちたる

ミッキーもポパイも鬼畜なる日々もあり桃の花咲く曇天や

古書市に古き絵葉書帖ありて王道楽土見せくるるなり

ブンガクと声に出すこの疚《やま》しさを嘲るようにきつね雨ふる

芥川

春昼の倦怠にしてまた勃る滅亡論を蔑んでいる

永遠に喪失したる憧憬の海軍の在りし日の紺碧

芥川龍之介なるセンサーが昭和二年七月に発報

悠々荘その頽廃のエピソード短く記し自足すべしや

薄明のまた薄闇の日常に大正モダンの神経叢は

アロナール・ロッシュ、アダリン、ベロナール、ジャールと続く旅路その果て

「鼻の先だけ暮れ残る」現実と抽象的な傷痕がある

浪漫果実

無頼派と呼ばれることもなき日々を悔まざれども終に唾棄せよ

檸檬なる浪漫果実皿にのせ刃《は》を入れてのち孤立を択ぶ

平成の終焉までを韻文に拠ると書きたる乱心なりや

遺歌集の虚実皮膜を想像し疲れて参天目薬を点す

「奴隷の韻律」語る詩人を論難し地下の酒房の護謨の木の翳

近代短歌アンソロジーを読みとばしされど花粉の罰は受けざる

森番も韻文番も同類と思えば微熱きざす痛快

風見鶏

座礁する帆船ありて絶望のオーラが脳に共振するよ

走る人、泳ぐ人などあらわれて去りて行きたり惑星軌道

風見鶏　夜半を吹き来る強風に軋みやまざる詩歌のごとく

色悪と白塗りと居る舞台へと朽ち縄が飛ぶ詩と真実や

カタカナで書くヤマザキとモヒカンのタクシードライバーのデ・ニーロ

松原未知子詩歌集『潮だまり』に耽溺する

「言葉には、溺れよ！」深き深き淵よりそそのかす声ぞ快楽

虚無の回廊は胸から脳天へ螺旋を描き　消滅するか

エドワード・ホッパー「ナイトホークス」

このところ、寄贈していただいた歌集のお礼状に、エドワード・ホッパーの絵のポストカードを使っている。

ホッパーは二十世紀のアメリカの代表的な画家である。印象派の描法に影響を受けた画風で、都市に生きる人々の姿を具象画として描き続けた。孤独、疎外感、憂愁、寂寥といった言葉がホッパーの作品を語るためのキーワードになるのだが、まさにそれらの思いが陰翳深く画面から伝わって来る。

ニューヨーク州の郊外の中産階級の息子として一八八二年に生まれたホッパーは、ニューヨーク美術学校で絵画の基礎を学び、パリに留学し印象派の方法論を吸収して帰国、その後、ローリング・トゥエンティーズのニューヨークで商業イラストレイターとしての仕事を続けながら、四十代になってようやく画家として認められるようになる。

イラストレイターとしてのメディアとの関わりの中で感受した、自分自身をも含む都市生活者の孤独なプライベートライフの陰翳を生涯のモチーフとして描き続けることになったのだろう。

ホッパーの絵に登場する人物は、誰もみな構図の中で孤立している。代表作「ナイトホークス」には深夜営業のコーヒーショップのカウンターに座る中年のカップルと背中をみせている背広の男、そして店の従業員の四人の人物が描かれているが、画面の中での彼や彼女は沈黙し、それぞれの孤の思念にふけっているように見える。ナイトホークス即ち夜更けの人々というタイトルが、それぞれの孤をいっそう際立たせる。

「日常のささいな気分でさえ解釈する意義がある」とホッパーは自らのモチーフを語っている。まさに、そのささいな気分、たとえば倦怠や孤立感や徒労の思いの連続こそが、人生なのではないか。

僭越を承知でいうならば、私の短歌もまた、私が生きているこの現在という日常のささいな気分の陰翳を解釈しているつもりなのだ。

夜更けの人々

マンションの一室にさえ陽は上り陽は沈みその苦痛・快楽

哀悼・島田修二氏

人工の灯に照らされてウタビトの静かなる死に深き悼みを

ブーイング浴びる恍惚あらざればマクドナルドのカウンター席

「キオスクのおばちゃんにメガネを褒められた」ほどの幸福ありてぞ孤独

ドラッグストアこそ無可有郷《ユートピア》ドラッグを選ぶ明る過ぎる照明の下

むき出しの上半身に淡いブルーのスカートを履いた若い女

或る世紀終りて後に新世紀始まる慣い悪夢のごとし

かりそめにエゴン・シーレと名乗りたる傷にして毒にして聖なる穢れ

ぼんやりとした不安ゆえ人々は交接をなすひたすらになす

それはたとえば「むき出しの上半身に淡いブルーのスカートを履いた若い女」

官能に全神経は奉仕して絵筆もて画布凌辱したり

慈悲深きまなざしゆえに街並みを描きて街のエロスもあらわ

ニッポンの春は知らねど反抗し拒絶し挑発せよ死の後も

月蝕の吸血鬼　——寺山修司に——

かの夜の青森弁の吸血鬼舞台を過《よぎ》り何処へ消えし

ダイナマイトに描く男根雄々しけれ県境警備隊爆破せよ！

田園に死すべく生きて東京の雑踏に存《なが》らえてのち死す

アングラでサイケデリック　人工の月蝕の夜の渋谷界隈

血と麦を糧となしたる田園の詩人・都会の死人も踊れ！

千人の主役のうちの一人なる舞台の上はいつも月蝕

天井桟敷消えて千年　渋谷なる廃墟を歩む寺山修司

ロンドンの湿度

一九七五年の二月から三月にかけて、同い年の従兄と一緒にロンドンに行き、六週間滞在した。滞在といっても、無銭旅行に近いものだったので、ロナルド・ジュリアンという高校の美術の先生の家に無料で宿泊させてもらい、食事だけは自分たちで食材を買って来て、作って食べるというものだった。

実は従兄はその二年前に、横浜の大桟橋から、ナホトカ行きの船に乗り、シベリア鉄道を経由して、ヨーロッパ各地を放浪していた。五木寛之の「青年は荒野をめざす」の世界で、ジュリアン氏もその時の知り合いだった。

毎日、昼間は地下鉄に乗ってロンドン市内の色々な駅で降りて、その周辺を歩きまわった。夏目漱石が留学していたウエストハムステッドや切り裂きジャック事件で有名なホワイトチャペル、シャーロック・ホームズの住居のあるベーカー街等々。二回ほどチンピラや酔っ払いに絡まれたが、英語がわからないので、きょとんとしていると、相手の方があきらめて行ってしまった。

　季節の関係もあったのか、雨に遭わない日の方が珍しかった。霧のような小雨にぬれながら、自分はロンドンに居るのだと実感していた。三十数年前のロンドンの湿度がわたしの短歌の抒情に影響を与えているのかどうか。

III

晩鐘

臥して聴く遠き晩鐘一日を格助詞に統べられて過ごせば

降り始めたる駅前に花柄のスパッツが売るブリキのアヒル

サブプライムローンの氷雨見えている水銀灯の明度の範囲

妄想のフィナーレにして灰色の花に埋もれる路上の柩

変身の恩寵あらば軍服のダーク・ボガード　濃き霧が降る

スクランブル

シリアルを器に盛りて牛乳をそそぐ手際の苦役のごとし

ゴムの木の肉厚の葉の腐蝕こそ捨て来し夢の名残であるか

大過なき日々の証のうたかたの朝のシャワーのぬるき曖昧

熱風の吹くはつなつの予兆にて缶コーヒーの内側の闇

街路樹の緑濃くなる七月を歩めど我は新緑ならず

異界へと続く錯覚むなしきとりんかい線のエスカレーター

上空にホバリングする機影ありいかなるスクランブルかは知らず

発光し点滅し夜の観覧車ヴィーナスフォートの黙示なればぞ

異国語が電波となりて飛び交えば湾岸租界花ひらく夜半

ゆりかもめ軌道を滑るおそらくは種の滅亡ののちの夕闇

咀　嚼

ＩＤの情報としてのみ我は在りて観葉植物の緑《りょく》

高層のオフィスを墓と呼ぶ快や裁量労働制の苦役や

ファクシミリ機は幾文字を咀嚼してそのメモリーの量《かさ》なす鬱よ

家族ではなく同志ではなく雨の午後のオフィスの阿片臭きを

滅びるね、漱石のその労働と呼ばれるほどの、雨滴の流れ

スローガン記すポスター貼られある会議室とう悪習の域

端末は端末として明滅す定年を待つひとにあらねど

曇天を背景として降下する旅客機見える窓のさびしさ

無縁なる部局を尋ねあぐねたるさながらパースペクティブ・キッド

消失点《バニシングポイント》として朝毎に立つエレベーターホールの壁の螺旋

十字街

東京に十字街なるまほろばのなきを惜しみて秋の鈴懸

浪漫の徒として後の日々までを生きめやも雨風強けれど

末期の眼あらば見たきよアドバルーンいくつも浮かぶ昭和の空を

妄想といえどD坂コネクション真昼の星のようにまたたき

白昼の街にはクボタ・ドラッグと荒俣宏らしき濃き影

ルーレット必勝法を記したる黒き手帳の夢の嬉しさ

高柳重信と釈迢空とならび古書肆の棚の煉獄

駅前にUNTITLEDの塑像ありて副流煙の甘き香りや

円谷が抜かれしその名ヒートリー刹那憎みてその後忘れき

蝙蝠傘の骨を修繕する人のかつてあり銀座線の地下路

凍空二〇〇七年

――光瀬龍に――

『星間文明史』西暦二〇〇六年の記述に「戦火」とのみぞ
あらかじめ墓碑名二〇〇七年と予言されたり、輝け！　未来！
戦争はどの世紀にも継続しサイボーグその水漬く屍よ

のみならず強風に吹き倒されし自転車の群れ草生す屍

木星の霧の底にも人間は行くこともなく地上に戦火

サイボーグならざるわれは新聞に冥王星の格下げを読む

空襲は空爆と呼び名を変えて東京もバグダッドも燃える

謡歌《わざうた》として倖田來未ありたるを知らざれば新宰相の早口

そのかみの五族協和の妄執のごとくサイボーグの青き口腔

無可有郷なれば無限に美しくシンシア遊水池・黄金《きん》の夕映え

来世もしあらば火星の東キャナル市民としてのつつましき世を

寒天を見上げる我と犬といてその標位星勤務の孤独

大いなる栄光として虚無としてかつて冥王星なりしモノ

ぬばたまのメタンの海を浮遊するサベナ・シティの千億の夜

アイララは氷霧に沈み永遠の永遠の永遠の沈黙

美《うま》し国昴は光たたえたり二〇〇七年凍る星空

IV

市民Ａ　――２００１・９・11――

空間を或る衝撃が駈けぬけて　生贄として一市民Ａ

勤勉は誇りであれば勤勉は不運であれば　さらば女神よ

折込済みの森羅万象あの朝の　晴ところにより自爆テロ

バベル二〇〇一　災厄のその挿話話してあげる生き延びたなら

人間が焦げる臭いにうんざりとし始めた頃ビルが崩れ…！

私の想像力は世界貿易センタービルの中に居る自分の姿だけを思い描く。一市民としての私である。たまたま事件の数日前に、勤め先のビルの防災訓練で、高層ビル内部の非常階段を使っての地上への避難を体験していたからかもしれない。たとえば、訓練という前提であっても、二十数階分の階段を下ることは、体力的にかなりこたえる行為である。私は半分も降りないうちに、いわゆる膝が笑うという状態になっていた。さて、世界貿易センタービルの高層階で事件に遭遇した私は生き延びることができるだろうか。生きたい私。生き延びなければと必死になる私。悲鳴と怒号と黒煙と炎の中で無限の階段を下り続ける私が見える。崩落の中の私が見える。

しろがねの　——会津八一パスティーシュ——

そのかみのくろふねのかげもはやなくただなつのひにてるわんのみづ

いりえなすみなもはなぎてにじのなのはしをくぐりてとつくにのふね

ゆりかもめみづべにむるるゆふぐれをとほきよのごとわれはうたへど

しろがねのレエルをはしるゆりかもめテレビくわいしやもまどよりみゆる
なないろにいろかはりつつひぐるまのだいくわんらんしややみをそめたり
おほかはのきしべにたてばくらきそらそめるはなびのいろのさぶしも
おだいばのじゆうのめがみよもすがらとうきやうのひのまたたきをみる

曙

そのかみの野見宿禰《のみのすくね》*1の末裔としてあけぼのの猛《たけ》き荒魂《あらたま》

＊1　歴史上初めて相撲をしたといわれる人。

闘いて闘いてこそ美しき肉弾今日を勝ちて還れと

「朱羅引肌《あからひくはだ》」*2 万葉の一行を世紀の末のエロイカにこそ

＊2　美しい肌の意。「あからひく」は枕詞。

チャド・ローウェン　二十三歳　言霊の幸《さきわ》う国に名告る曙

貴《あて》やかな花と競いて輝ける「美は秀麗な奔馬」[*3]なればぞ

＊3　三島由紀夫『花ざかりの森』の一節。

愛しき果実　――追悼・プラム麻里子――

女子プロレスラーのプラム麻里子は１９９７年８月15日、広島市の試合で意識を失い、16日、脳挫傷のため死亡した。29歳だった。
ＰＬＵＭには「すばらしいもの」の意味がある。

プラムなる愛しき果実の名をなのり花咲く乙女梅田麻里子は

サンボ姫、サブミッションの女王とよばれ闘うプラムの微笑

ヒロインとしてのリングの役割のビクトル投げの勇姿忘れず

プロレスの女神に愛され過ぎしゆえ白きマットの上の散華ぞ

語り継ぐべしこの伝説をプロレスへの殉愛なれば悲劇にあらず

北斗晶頌

北斗いま天頂に冴えわたりたるもっとも危険な女王として

自由への闘いなればくれないの雪吹きすさぶレイナ吹雪よ

不敵なること鬼《き》の如し凄絶にノーザンライト・ボム炸烈す

世紀末その美と毒の象徴の北斗晶と呼ぶ永遠は
宇野久子リングの星をつかみとり綺羅めく北斗晶頌歌を

荒ぶる魂　――バイソン木村に――

※バイソン木村（本名・木村伸子）全日本女子プロレス所属
１９８６年６月デビュー、ブル中野率いる獄門党に属するが、後にブルに反抗し、離脱。アジャ・コングとのタッグチーム、ジャングル・ジャックでＷＷＷＡタッグを奪取。髪切りマッチ、金網タッグ・デス・マッチ等、ブル中野と数々の死闘をくり広げる。１９９２年６月21日、僚友アジャ・コングとのシングル・マッチで負傷、同年11月26日引退。

ギミックを越え喩を越えて洗練の肉体《ボディ》荒ぶる魂秘めて

ソバージュの髪の先まで雷はしりＧＯ！　ＧＯ！　バイソン！　もっと怒りを

叛乱の志ゆえうつくしく髪切られたる屈辱さえも
1991・1・11　髪切りマッチ

ブルの肉リッパーの肉断ち切らんケサ斬りチョップこそ意思表示
1991・11・21　金網タッグ・デス・マッチ

ジャングル・ジャックと名のりし同志アジャ・コング同志即ち生涯の敵
1992・6・21　ラスト・マッチ

あしたのジョーのごとく燃えつきバイソンが木村伸子に還る驟雨ぞ

木山捷平賛江

こころざしは文学にあり笠岡と東京の距離ほどの大志ぞ

盤面の次の一手を考える間も濡れ縁に鳴るは風鈴

「木山さん、捷平さん」と剽軽にして清貧な文士の生は

芭蕉にはあらざれどわが大陸の細道として満州帰り

昭和史を生き書き酔いて愛すべし　妻と息子と三人家族

中山競馬場　――うたの舞台――

三冠馬ミスターシービー誕生を予感のままに逝きし修司は

時分の花と咲きたるのちのファンタストあるいはサクラスターオーこそ

破れたる夢の数だけ感傷的詩の恩寵はありラスト・ラン

「善人なほもて往生をとぐ」　絹の道、塩の道はたオケラ街道

喩《ゆ》のごときこの中山の夕暮れに寺山修司ついに還らず

中山競馬場は、寺山修司がもっとも愛した競馬場である。テンポイントとトウショウボーイが死闘を演じた昭和52年の有馬記念の興奮を綴《つづ》った「一騎打ち」という文章の感動は、今でも中山競馬場へくるたびに鮮やかによみがえってくる。寺山が亡くなったのは、昭和58年5月4日だが、その三週前の4月17日に中山競馬場で行われ

た第43回皐月賞には、ミスターシービーの勝利を予想した文章を寄せている。

寺山によって短歌と競馬の魅力を教えられた私にとって、中山競馬場こそまことにうたの舞台とよぶにふさわしい。

高踏と通俗、興奮と失意、客気と哀愁、競馬場には人生の、つまりは私の短歌の、ありとあらゆる要素がひしめいている。

V

果敢無

濡れた身を情死の果てのごとく拭く
死なざればバスタオルにて裸身拭き黒酢を飲みて眠らんとする

騎馬の青年帯電して夕空を負う
コスプレとして電飾の軍服の少女一団堕天使のごと

婚姻のオルガンが夜は挽歌を弾く
俗臭を放つ肉体壊れゆく日々を愉しむ楽を奏でよ

いつか星ぞら屈葬の他は許されず
黄金餅喰いて死にたる西念の道中立てのエロスの不許可
滞る血のかなしさを硝子に頒つ
流れる血にもあれこれの数値あり嘲弄されて幾日幾夜
夜風のポプラその漆黒が胃に溜まる
街路樹は並びてなおも孤立していたり陰翳深き孤立ぞ
脱ぎすてたシャツの形の生かなしむ
岸上が夜半の下宿に脱ぎ捨てた学生服の汚れの無援

月夜経て鉄の匂いの乳母車
乳母車近づきて来るパットン戦車軍団ならねど近づきて来る

雑草を頭にはびこらせさびしい椅子
比喩としてつね木の椅子は選ばれて過剰な意味を負いて朽ちゆく

手花火の暗さ軍港よみがえる
キャンパスをフレンチ・デモの一群が過ぎ行く日々のありてこそ花

薄日洩れ有刺鉄線身にはびこる
通勤のさなか見知らぬ着信の「有刺鉄線切断セヨ！」と

象に日が射すそのさびしさの極まるまで
ジパングへ象は運ばれいくたびも象は運ばれ客死せしとぞ

銀行が石となる夜の雨にぬれる
慈悲として酸ふくむ雨靖国が濡れプリズンが濡れ首都が濡れ

月夜疲れて石鹼の泡生む手
自慰ののち十指激しく洗いしか或る夜のサナトリウムの悲哀

幻燈の銃口の夜が身を溢れる
ＰＣのスライドショーに梶芽衣子顕ち REVOLVER もてわれを撃つ

千人針遺り千代紙に指のこる

亡き父の応召の日は曇天と聞きたる記憶サビシカラズヤ

クレーンの爪伸び遺留品摑む

遺留品なればさびしきＤＶＤ「ブレードランナー・ディレクターズカット」

過ぎた昔につづく渚の昼を行く

おそらくはジャック・フィニイの短編のごとき白昼　欺カレルナ！

病む黄昏のぶらんこをまた誰か泣かす

鞦韆は永久《とわ》に軋める春の季語なる哀愁を纏いて軋む

階段の他人が武器の音たてる

危機歌学なる論ありて滅亡は約束されて今日の佳き日を

＊俳句はすべて福田基編『林田紀音夫全句集』（富士見書房刊）の収録作品。

安藤鶴夫『落語鑑賞』に寄せる万太郎俳句への付句の試み

「鰻の幇間」

「横町のうなぎやの日のさかりかな」せんのお宅へ土産持たせて

「百川」

「ふく風やまつりのしめのはや張られ」てんやわんやの慈姑呑み込む

「船徳」

「四萬六千日の暑さとはなりにけり」船頭ひとり雇う道楽

「酢豆腐」

「たゝむかとおもへばひらく扇かな」引くに引かれぬ一口限り

「寝床」

「明易やらちくちもなく眠りこけ」夢にも義理をどうするどうする

＊上の句「　」内はすべて『落語鑑賞』の各篇に寄せた久保田万太郎の祝いの俳句。

戸板康二に献ずる短歌

読初めや詩集の上の紙ナイフ

めでたさは紙開く音ぞ阿羅多麻の仏蘭西装の詩集一巻

丸善の封筒を買う春のくれ

封筒を選びてのちを春愁の洋書売場に魯庵と我鬼と

おもかげは浅きひさしの夏帽子

夏帽子おしゃれにかぶり山の手の言葉でちょっといい話する

信号を待つ尾張町秋の雨

尾張町またの名銀座四丁目中村雅楽探偵が行く

志ん生を偲ぶふぐちり煮えにけり

ふぐちりの鍋湯気をたて「半鐘はオジャンになる」とさて古今亭

＊俳句はすべて『戸板康二俳句集』の収録作品。

兜子頌

霧の山中単飛の鳥となりゆくも

にっぽんの夜にっぽんの霧深く韻に殉ずる単独飛行

帰り花鶴折るうちに折り殺す

メガデスの予兆であれば慈悲として鶴折り殺す、折り、殺す、折り…

神々いつより生肉嫌う桃の花

デイ・アフター・トゥモロー或いは神々の黄昏の晩餐の腐肉は

数々のものに離れて額の花

万象を離れ尽くして純粋の詩境あらばや　あらばまほろば

鞍馬夕月花著莪に佇つつらき人

定家とも芭蕉とも見え月光に佇む人を鬱王と呼ぶ

＊俳句はすべて赤尾兜子句集『歳華集』の収録作品。

鬱王

芽吹く野に壊れこうもり傘ひらく

神経は芽吹きを怖れ野を怖れシュールな蝙蝠傘をも怖れ

花菜明りはやブランコに乗る老婆

永遠にブランコは揺れやまざれば少女は老婆と化して不死身ぞ

おびただしく兜蟹死に夏来る

あらかじめ兜蟹死に絶えしこと詩の滅亡の予兆のごとく

路傍に不意藁焦げ山羊の顔ふたつ

藁焦げる臭いを嗅ぎて文学の恩寵となす凶兆となす

琉球松まばら歌の多くは忍ぶ戀

琉球の風は御恩の風なれば手札の「戀の錯覚」乱す

雲とも素ともならぬもずくを煮る男

詩に瘦せる男であれば瓦斯の火の蒼さも虚実皮膜と思え

鮭ぶち切って菫ただようわが夕餉

卓上の鮭と菫を画布に塗り込めて食事ののちの房事も

菜の花の茎浅海に在るごとし
在ることは無きことにして韻文と散文の差の菜の花の茎

雉子翔てり毛桃にからむ紐の影
熟桃はかくも淫らに縛されて腐爛は詩歌句のみならず　燦

まくらやみモネの睡蓮ただ一花
闇があり睡蓮があり第三のイメージとして虚無を注ぎて

石の蟇雷雨に搏たれひかりだす
酸性の雷雨なるゆえ濡れ光る蟇を暗喩となす傲慢や

ぬれ髪のまま寝てゆめの通草かな

塹壕に屈して眠るつかのまを若き兵士の夢の色彩

去来忌の抱きて小さき膝がしら

蛇の屍と虚像の影と孤立する詩魂に拠りて韻文の謎

死顔に捧ぐ寒花の赤を憎むわれ

若き獅子死に急ぎたり前衛の虚妄を撃ちて生き急ぎたり

空鬱々さくらは白く走るかな

文学の優位を告げて雷光にうかぶさくらの啓示を享けよ

亀鳴くや山彦淡く消えかかる
鬱淡くなるたまゆらの俳諧の快楽として亀鳴くを聴く

受難節老いし欅に日はうつる
終りなき剝皮の苦痛こそ受難日のうつろいは回帰ならざる

大雷雨鬱王と會うあさの夢
鬱王に魅せられしゆえ恍惚と苦痛と俳句思う泪と

蟻酸の墓身を盡しつつ浮蛍
飛ぶ蟻と這う蛍との悲傷にて地上的なる規範に慈悲を

葛掘れば荒宅まぼろしの中にあり

幻視する世界を記述する業を負いて詩人の血こそ熱血

*俳句はすべて赤尾兜子句集『歳華集』の収録作品。

東京低廻集

――俳句からの変奏曲――

「四つ辻に飴屋来て去る秋暑にて」かく叛乱の気配あらざる

「過ぎ行きて二百十日の文学部」死後の不滅を思わざれども

「秋風にまた繰り返すオルゴール」坂田博義歌集繙く

「鹿火屋守なる存在を疑はず」副都心線雑司が谷過ぎ

「草の花文房具屋は亡びけり」凡なる日々の陰翳として

「いわし雲久坂葉子といふ人や」ガラスの窓に蠅動かざる

「秋風のその尾張町交差点」若き植草甚一見たり

「終日を秋の雨降り書痴暮し」アムステルダム運河濁るか

「出征し帰らぬ人に花野あり」韻文の韻ととのわざれど

「満映の母娘映画や九月尽」詩の体験と言うべくもなく

「麗人の指の淫らや新生姜」ル・クレジオを読みて疲れて

「達筆の文読みあぐねとろろ汁」失墜ののち失踪ありて

「恐慌を夕刊に読む柘榴かな」わが眼に秋の星滲みたり

「外套の人あたらしき同人誌」眠剤に依る夢の名残ぞ

「秋陰に鉄道雑誌縛られて」蛍田寒き駅なりしかど

「月光の外人墓地と呼ぶ異界」或る運命として往還す

「犯人と思ふ見知らぬ冬帽子」浪漫派としてのみの残生

「鶴を見て鶴を食みたる夢を見て」わが知る如何なる死者の憂いぞ

＊十八首の上の句はすべて藤原自作の俳句。

VI

イエスタデイ・新宿

幻視する廃墟としての新宿や二月の天に凍りつく星

雑踏に詩を売る男ありてなき遊撃として真冬の驟雨

また違う惨事の記事を一面にタブロイド紙の花咲く夕べ

構内に鉄路はあまた錯綜し虚無を孕みて凍れ！　新宿

大島渚監督「新宿泥棒日記」１９６９年　ＡＴＧ配給

紀伊國屋書店にジュネは寺山は万引きされて文学は蜜

不可逆の時間のアルタ大画面暗き艀《はしけ》は繋留されて

untitled なれど灰緑の沼描き才気の気泡浮きたるあわれ

神経に極彩色の火は燃えて蠍座の闇かつてありしを

孤立する詩魂ふるえるあの夜のピットイン・沖至《おきいたる》・叛乱

昭和こそ劇なるぞ唐十郎も茂吉も寒き寒雲の下

iPodから「暗い目をした女優」流れ淺川マキの黒羅や

淋しさの底抜けて降る霙かな　内藤丈草

街に棲む大鴉を我を祝福し霙にあらず／なまぬるき雨

白鰐

ユリカモメ黙示のごとく冬晴れの空おおいなる沈黙の空

白日の夢として見る寒凪のアクアシティにテポドン降るを

日常は溶けたる飴のようなればこの甘き日々甘き陥穽

高層の窓のすべてに夜鳥居て「またとはなけめ」とぞ祝福す

終りなき呪詛ならなくに驟雨来て夜の首都圏を縦断したり

雨音は夢を侵して絶望の汚水は膝を濡らし増しゆく

東京の静脈として地下走る共同溝の汚辱を歌え！

真夜中の共同溝にテロリスト潜りて白き鰐に喰わるる

動脈として静脈として地下を走る共同溝の暗黒

ぬばたまの都市伝説や盲目の白き鰐こそ亡びの使徒ぞ

選ばれし恍惚はあり詩人の血・宰相の椅子　アドルフに告ぐ

美しき国にてあれどかく冥き終車のゆりかもめの窓窓

忘れねばこそ

何に目を背ける日々かエレベーターホールに夜の冷気はみちて

タクシーのシートに弛き身を乗せて自己肯定の弛きこの闇

高速へ向かう車窓に灯は流れ今夜限りの世界のごとく

近眼の視野に火星は見えざるも「百万年ピクニック」の恩寵

韻文の言葉に遠く帰り来て夜更けの部屋の鬱血の頭よ

モノクロの写真に新宿風月堂ありて白石かずこは聖女

つかのまの幻視であれど西口の広場に二十歳のわが長髪が

ふりだしへ戻る呪文の不作為のドライアイスの気化するけむり

作りかけ放棄されたるジグソーの毛沢東のカストロの顔

「ブラック・レイン」をＤＶＤは再生し忘れねばこそ松田優作

マンションの外廊下より見る夜の空翳深き雲が流れる

見下ろせば街路は凍てし静寂に支配されたり詩も死に絶えて

瓦斯燈

なつかしきかの瓦斯燈の仄明り記憶の底の街に灯るを

旅愁なる感情はあり　旅発ちの訪れずとも感情はあり

魔都として存在したる上海に浪漫渡世として死にたきに

かく暗き運河の水に汐は差し今宵またわが逃亡ならず

官能も絶望もあれ北ホテル煉瓦の壁にぶつかる雨滴

その店の名は「信天翁」くり返し見る夢の街角の画廊の

都市の夜に都市の孤独は深まりてポストカードのインクの滲み

夜半深きホテルの闇に聞こえくるウールリッチがタイプ打つ音
ボギーならざる都市棲みのうつせみに孤独死という賜死あらばこそ
降る雨に濡れ立ちつくす街路樹を慈悲のごとくに瓦斯燈照らす

まほろば

雨雲の迫る午前の暗さにて軌道を滑るゆりかもめ見ゆ

お台場海浜公園暁闇溺死者を啄ばむユリカモメの一群

フェイクなる悲哀を湛えお台場の自由の女神海嘯を招ぶ

荒地派の詩の言葉なお重ければ Wasteland お台場の雨
ハイビジョン画面に小雪うつくしく微笑みたれどいつか灰燼
アナログ波はやがて亡ぶと告知され洪水以前のごとき怠惰や
樹木にも霊魂はあり機械にも憑霊はあり飛び立つ銃器

鼠の屍舗道にありて此処よりはアイソラ市87分署管内

回廊に闇は膿《う》み光は凝《こご》りジョゼ・ジョバンニの深き眼窩を

夕映えは弱まりながらノワールの傍役《わきやく》として生きたけれども

汐留シオサイトなるゆえ比喩も果敢なきを瀕死の詩歌のごとき夕照

かくも長きエスカレーターに身をまかせ陥穽あらば落下するべし

大江戸線地下深くわが運ばれて見えぬ地上の春の稲妻

東京の数限りなきセンサーが我を感知し我を無視せり

歌舞伎座を過ぎ三越へ歩むとき銀座煉瓦街幻視したきよ

信ずべし！　銀座の闇を自転車で走り抜け行く全裸の女

応召の人でありしか小旗振る群れに駅へと送られて行く

バンザイ！　の声は夜ふけの地下鉄のホームより湧き出征なりや

勝鬨橋を TAXI で超え聴きており皇紀弐千六百年の勝鬨

美しき国なればこそ東京をまほろばとして詠うべし、否

梅雨闇

梅雨闇の旧本所区の裏道に松倉米吉あらわれいでよ

アトピー性皮膚炎という罰ありて銀の車輌にしぶく風雨や

パリ晴天五月革命ありたるを若きら知らず凱歌を知らず

夕暮れにマンドリン弾く朔太郎勝鬨橋を超えつつ思え

絶叫のＣＤ聴けば六月の首筋つたう汗を恥じざる

火傷するごとき批評の言の葉を召喚すべし　夕雲灼けて

韻文の誇りを言えば神変の雷兆しゅりかもめ騒然

帆柱を伐り倒すべき妄想や大江戸線の蛇行に添うは

小笠原賢二在りし日落日はめくるめくまで韻文優位

バットマンならねば悪を駆逐することなく口語氾濫したり

TAXI！　と右手をあげる仕草にも詩歌の人の憂愁ありや

韻乱れ律弛みたりソレソレソ弦楽四重奏のばらばら

缶ビール冷えゆく古き冷蔵庫古き詩型のように唸れば

感傷も志気も消えしがテレビから髭男爵の「ルネッサーンス！」

情念を文学として語るべくかの夭折者山中智恵子

ケータイに夜毎喪志の電磁波を送られてわが愉楽的日日

緊急地震警報試験ラジオより流れて地異の覚醒を待つ

フラットに言葉を狎らす快感の首都高舞浜ランプ渋滞

ウタビトの前衛としてありたきを液晶画面にRAVENが鳴く

タブロイド紙の一面に女子アナの自死の報あり詩歌の無援

2008年5月25日　女性アナウンサー・川田亜子自死

九月の雨の街路

静物としての果実は皿の上に腐りゆきたり甘き蜜の香

沈黙の耐えがたければ声に出し読みたり円谷幸吉の遺書

焦燥の一現象として両のまぶたケイレンしたりはかなく

ＤＶＤ再生すればデ・ニーロのモヒカン刈りの狂気快楽

韻文の終末と打ちそののちを液晶のモニターの紺碧

まどろみて再び目覚めたる深夜リセットできぬ歌人なること

啄木の無念思えば薄明に蟬鳴き始む　笑わせるじゃないか

朝食の卓に日は射し詩人の血わが静脈にこそ流るるを

「アンニュイの鳥」と題して韻文を組み立てているわが傲慢や

身に深く疲れありありたりもてあそぶ言葉に鈍き疲れありありたり

コンビニのジャンクフードの悲愴なる味　アイソラの街も熱波か

水槽のネオンテトラのゆらめきに終身刑のごと永き午後

葬列の一人であれば瞑目し堪《こら》えて佇てり明るき日暮れ

大鎌に刈り取られゆくイメージにまた濃密となりゆく闇よ

大江戸線降りて地上の夜の更けの雨の気配を喜びており

雨滴いま顔に触れたり文藝の徒を自負したる顔に触れたり

文学を負う錯覚も快美なる九月の雨の街路を行けば

マンションの生ゴミつつく大鴉居て祝福すべし嗚呼！　わが来世

硝子器に水湛えたり水中花散華すべしと水湛えたり

なかんずくエゴン・シーレの絵の女ポストカードに選びて愚か

感傷を言葉に変える通俗のイマージュなれど草生す鉄路

VII

ダムダム　――1931そして2006――

1931

電飾は花　尾張町交差点ゴー・ストップの赤青黄・赤

大川を越えればダウンタウンにて同盟罷業の歌が聞こえる

地下鉄の浅草駅の階段に残暑は溜まり満鉄に変

ルパシカの前川佐美雄青年か敷石舗道を踏む靴の音

炎天を救世軍は歩み去り我鬼忌の汗のしたたる額《ひたい》

既視感の激しき午後の無為にして國柱會の人を否まず

招魂社その夕暮れに満州の霊帰還セリ、拡大ハセズ

摩天楼垂直に伸び階層は世界の比喩として恚《や》みてあり

飛行機は世界を廻り煌めきてラジオが「国を愛せ！」と叫ぶ

八月二日・人見絹枝逝去　二十四歳

疾走の恩恵としてメダルあり愛国はあり若き死はあり

チャップリン歩みて街の灯は揺れて兵隊が行き失業者行く

「愛国は国の理想を語ること」雨ニモマケズ石灰を売る

最終の電車は駅を離れ行きフクキンヘイのごときが残る

あからひく赤き召集令状にわが名書かれていたる秋夜か

再誕の気配なければ永遠に夜更けの街を犬が歩みて

2006

駅前にSTARBUCKS慰安所のごとく灯点《ひとも》し前線遥か

居酒屋「和民」宴今宵も盛り上りあがりがまちに軍靴もまじる

占星の術も霊視の術も倦みテレビを消して喧騒を消す

マンションの低層階の闇深く出征前夜のごと蚯蚓鳴く

官能のたかまり遠くその秋の核実験の火の見せ消ちや

新宿のネオンがめがけて飛来する物体は誰が幽体離脱

一国の首都に下れる停電という神の罰混沌とあれ！

お台場海浜公園人工砂州に伏すザリガニの屍を予兆とすべく

日暮れより夜ふけへと雨降りしきりハングル文字の電光ニュース

クリックの刹那眼精疲労濃く液晶画面・東京事変

市民兵とて自爆する夢醒めて朝の驟雨に呆然と居る

晩秋を横死の人のありぬべし路傍に菊の花刺さる壜

悪寒して駅への道に街路樹は並び葬送立礼なるや

核武装論議を午後の戯れとなし二杯目の珈琲の苦味

すでにして戦前の日々生きつつも昭和八十一年・銃後

赤い鰊のある食卓

植栽の満天星躑躅《どうだんつつじ》或る秩序にて並びたりホロビ、ホロベヨ

奢侈の刑罰やもしれず投稿歌あらわなる下の句の剽窃

月球儀あり断面に陰翳はあり陰翳に断面はあり

シンボルとしての恐怖よ蜜蜂の巣箱を積みてトラック疾駆

蟹・蝦の類《たぐい》に汚れ複数の皿は鳴きたりキキダダママキキ

ブックオフにて購えば慈悲のごとし神西清著『灰色の眼の女』

資生堂TSUBAKIは女神姦姦とテレビCMその十五秒

虐待のニュースにも倦み早川のポケミスのその小口の黄色

月刊誌「少年」白土三平のサスケの微塵隠れの図解

大臣の失言つづき罰ゲームとして軍人勅諭暗誦

皇帝の嗅ぎ煙草入れさえ鑑定し中島誠之助の矜持や

韻文の亡びゆくさま傍観し夜のマンションの春の底冷え

樹にのぼる芥川こそかなしけれ You Tube にもモノノアハレぞ

図書館の奥に赤彦全集は忘れ去られき　ほら、春の雷

銀幕にフー・マンチューは溶暗しあの日に帰りたきや、否否

２００７年２月18日　東京マラソン２００７開催

マラソンの三万人の人の河都市の静脈を流れゆきたり

スタートを見送る知事の妄執のベルリン・オリンピックの夢か

ランナーはビッグ・バッド・シティを駆け抜ける歩兵操典的狂熱に

昭和三十七年四月一日西東三鬼死す優曇華の花咲く床柱

昭和三十四年四月八日高浜虚子死す花鳥そして雨、蒸気、速度

明治四十五年四月十三日石川啄木死す露西亜語の本持ち腐れ

ドトールを出てPRONTOに遭遇し静かなる包囲進みゆくごとし

地下鉄の後方車輛に身を置きて思想死という死語ぞ愉しき

ゼラニウム匂える部屋のモニターに「無防備都市」のモノクロの黙

水槽に魚類の弛く泳げるを詩に組み立ててぬるきカフェ・オ・レ

見下ろせば運河に雨は降りしきり「キエテシマエ!」という声がする

戯れに死者を思えば真っ赤なる鰊掲げる仙波龍英

カルチエ・ラタンその純粋を忘れ得ぬ世代なればぞ焰《ひ》の中の花

曇天の首都圏なれば憂愁は濃密にして脱出ならず

東京の支離滅裂の性情の中毒者なれビル風も罰

ベラス・レトラスの禿鷹

詩の闇の濃密にしてかたちなす大鴉にあらず　禿鷹が飛ぶ

丸の内再開発の丸ビルの聳ゆる虚無をこそ祝福す

首都圏の午後を雷注意報告知されつつ愉悦のごとし

曇天のドラッグストアそこのみが明るき地獄なれば嬉しき

貨物用エレベーターは濃緑の観葉植物に占拠されたり

地下深き自動歩廊に吐瀉物の跡　サルトルの徒の成れの果て

青梅を罎に詰め込み虚子が見し昼の星わが見えぬ不幸ぞ

ナマヌルキ雨降りかくて定型詩さえ温暖化しつつ冷笑

東スポの虚実皮膜の一面を文弱なればわれは拒まず

クッキーの型なればこそ定型はカンタンにしてフェイク邯鄲

反体制そのはるかなる憧憬の女囚さそりよ何処に去りき

植栽の紫陽花汚れつつ咲きてペットボトルの半ば泥水

詩歌集紐に束ねて棄てられる光景と遭う山羊座の不運

運河の水に鉄鎖浸れる誓子的夏の日暮れを　禿鷹が飛ぶ

飼育係ならざれどこの梅雨闇の美しき国脱出すべし

詩に歌に憑かれる悲哀深ければこの真夜中の空に雲湧く

空梅雨ののちの日照りを文藝の現状として芥子の花散る

愛好者志願者かくも列をなし草生す言葉水漬く定型

アンソロジー『十三階の女』また『壜づめの女房』なる書な焚きそ！

それ以後長き長き猶予や MISHIMA の死十八歳の秋の終りの

韻文に拠る神経の曖昧やバブル・アゲイン！　バベル・アゲイン！

水中花ガラスコップに沈められ濁りて臭う水こそ魅惑

『獄中記』書き綴りたる佐藤優　卯の花腐し夢の中にも

電子辞書の画面に文字は点滅し魔群の通過ありたる夜半か

シミュレーション・ゲームに独逸圧勝し港区台場地熱の火照り

口語歌を唾棄すべしとぞ信念の液晶画面すべて麦秋

虚空より花つかみ出す術亡び文藝劣化しつつ燦爛

あまつさえハンニバル好きさなきだに冥王星を恋する女

文学の優位を説きて飽かざるをガルシア・マルケスの通販は如何《いかが》？

永遠の徒労ぞベラス・レトラスの無可有郷を　禿鷹が飛ぶ

正午・それ以後

8月14日：午後、同盟通信社より終戦関連の原稿配信。
「△注意＝本稿は十五日午後一時以降使用」と管制指示あり。

未舗装の路面を黒き自転車は疾走しつつ、汗の軍服

校庭に鋭《と》き声ひびきまたの世は軍事教練あらざらむ夏

お台場の迎撃の砲苔むしてイベントの客無慮数万ぞ

体感気温摂氏三十八度にてそのむかしその八紘一宇

神の罰ならねど神の国の午後地熱照りつつあわれまほろば

8月14日：午後9時の報道。「明日正午重要ナ発表ガアリマス。
昼間配電ノ無イ所ニモ此時間ハ　配電サレル事ニナッテオリマス」

月光も熱気を帯びて降り注ぎ亜熱帯的魔界ODAIBA

お台場の共同溝にパルチザン潜み期すべし本土決戦

原子力発電のその末端にこの常夜灯ありて点るを

クーラーの冷気の量を精算し熱波は包む　この、この美しき国

戦後レジーム、アンシャン・レジーム伴天連の呪文のごとく変化せしめよ

8月15日：正午、特別放送。「只今より重大なる放送があります。
全国聴取者の皆様ご起立を願います」

ラジオから聞こえる声の荘厳に否滑稽にしたたる汗は

戦没者追悼式は液晶のモニターにあり　マシン油の臭気

零戦も大和も「耐へ難キヲ耐へ」されば平成十九年夏

首垂れて虚実皮膜の声を聞く前世ありけり民草いきれ

終幕は終焉であり終戦の賜物なれや幸福の日や

2007年8月15日：お台場都市伝説

フジテレビジョンの球体宙に浮き皇居に向きて落涙せし、と

ゆりかもめお台場海浜公園の駅に海軍士官降りし、と

デックス東京ビーチに昭和の町ありて空襲警報鳴り響きし、と

ヴィーナスフォートの観覧車そのゴンドラに件《くだん》のごとき異形乗りし、と

イベントの入場を待つ列の中もんぺ姿の母娘居りし、と

8月15日：午後4時　全陸海軍部隊に対し、戦闘行為の即時停止を命じた奉勅伝宣（大本営陸軍部命令1382号、大本営海軍部命令48号）発出。

無条件降服なれば祝福のごと呪詛のごと蟬鳴きつづく

電球の明るさほどの団欒の楽しき我が家、クニヲマモルの

校長が沈痛に焚く数限りなき書類あり仔細は知らず

ワイドショーあらば終戦当日の「あの大物」の声聞かましを

夏草の噎せ返るほど青臭き昭和の夏の記憶でありし

9月23日：進駐軍向け放送開始。東京（WVTR、10kW）AFRS東京の第一声は
"This is Armed Forces Radio Service Station W-V-T-R in Tokyo."

ノイズさえ英語であれば底抜けに声明るけれ「カムカム、エブリバディ！」

防衛省女性大臣就任の明日　プリズンに雨降りしきり

靖国にカメラは並び礼服の元首相撮り英霊も撮り

美しき国ぞこの国海征かば山征かば六十二回目の夏

記録的猛暑の夏を生き延びて玉音放送聞かな再び

あとがき

題名とした「ジャダ（jada）」とは「jazz」と「dada」を合成した単語で、一九二〇年代に流行した言葉だそうだ。作家のフィッツジェラルドや踊り子のジョセフィン・ベーカーが活躍し、美術・デザイン史的にはアール・デコの時代ということになる。一九二九年に大恐慌が始まり、やがて第二次世界大戦へとつながって行く。そういう危機感をはらみながらも、新しさへの志向をもった言葉として、「ジャダ（jada）」という造語を、この一巻の表題として選んでみた。

二〇〇五年から二〇〇七年にかけての二年間、三十首ずつ、八回にわたって、「短歌研究」誌に作品連載の機会をいただいた。Ⅰ章とⅦ章がそれにあたる。この前半四回は、私の思い入れ深い作家へ、この時代の翳りを投影したオマージュ。後半四回は、時代の危機の表徴を韻文で表現する試みであった。

この二四〇首を柱にして、二〇〇九年春までに短歌専門誌紙に発表した作品を収録したのがこの歌集『ジャダ』一巻になる。

Ⅳ章には、今までの歌集に入れそびれていた題詠、状況詠、挽歌、頌歌等々の機会詩性の強い作品を思い切っておさめた。

また、Ｖ章の「兜子頌」と「鬱王」は、赤尾兜子の俳句作品に対する反歌であり、「果敢無」は林田紀音夫の無季俳句への心寄せである。これらの一連を収録するにあたっては、故赤尾兜子夫人で、作品の著作権継承者である赤尾恵以氏及び、『林田紀音夫全句集』の編纂者・福田基氏に格別のご配慮をいただいた。心からお礼を申し上げたい。

最後に、作品発表の機会を与えていただいた、各短歌誌紙の編集者の方々、とりわけ、連載から歌集上梓の機会も下さった「短歌研究」の押田晶子氏、堀山和子氏のご厚情に深謝する。

また、素晴らしい装丁で、拙い歌集を飾っていただいたクラフト・エヴィング商會にお礼の言葉を捧げたい。

二〇〇九年七月一日

藤原龍一郎

検印
省略

平成二十一年十月二十日　印刷発行

歌集　ジャダ

定価　本体三〇〇〇円
（税別）

著者　藤《ふじ》原《わら》龍一郎《りゅういちろう》

発行者　堀山和子

発行所　短歌研究社
郵便番号一一二‐〇〇一三
東京都文京区音羽一‐一七‐一四　音羽YKビル
電話〇三（三九四四）四八二二・四八三三
振替〇〇一九〇‐九‐二四三七五番

印刷者　豊国印刷
製本者　牧製本

落丁本・乱丁本はお取替えいたします。
ISBN 978-4-86272-157-0 C0092 ¥3000E

短歌研究社　出版目録

＊価格は本体価格（税別）です。

歌集	朝の水	春日井建著	A5判	二四八頁	三〇〇〇円	〒三一〇円
歌集	曳舟	吉川宏志著	A5判	一六八頁	二五七一円	〒二九〇円
歌集	夏羽	梅内美華子著	A5判	二二四頁	三〇〇〇円	〒二九〇円
歌集	赦免の渚	石本隆一著	A5判	二〇八頁	三〇〇〇円	〒二九〇円
歌集	巌のちから	阿木津英著	四六判	一九二頁	二六六七円	〒二九〇円
歌集	天籟	玉井清弘著	A5判	二〇八頁	三〇〇〇円	〒二九〇円
歌集	雨の日の回顧展	加藤治郎著	A5判	二〇八頁	三〇〇〇円	〒二九〇円
歌集	睡蓮記	日高堯子著	A5判	一七六頁	三〇〇〇円	〒二九〇円
歌集	卯月みなづき	武田弘之著	四六判	一七六頁	二六六七円	〒二九〇円
歌集	世界をのぞむ家	三枝昻之著	四六判	二二四頁	三〇〇〇円	〒二九〇円
文庫本	大西民子歌集（増補『風の曼陀羅』）	大西民子著		二一六頁	一七九六円	〒二一〇円
文庫本	岡井隆歌集	岡井隆著		二〇〇頁	一二〇〇円	〒二一〇円
文庫本	馬場あき子歌集	馬場あき子著		一七六頁	一二〇〇円	〒二一〇円
文庫本	島田修二歌集（増補『行路』）	島田修二著		二四八頁	一七一四円	〒二一〇円
文庫本	塚本邦雄歌集	塚本邦雄著		二〇八頁	一七四八円	〒二一〇円
文庫本	上田三四二全歌集	上田三四二著		三八四頁	二七一八円	〒二一〇円
文庫本	春日井建歌集	春日井建著		一九二頁	一九〇五円	〒二一〇円
文庫本	佐佐木幸綱歌集	佐佐木幸綱著		二〇八頁	一九〇五円	〒二一〇円
文庫本	高野公彦歌集	高野公彦著		一九二頁	一九〇五円	〒二一〇円
文庫本	続馬場あき子歌集	馬場あき子著		一九二頁	一九〇五円	〒二一〇円
文庫本	前登志夫歌集	前登志夫著		二〇八頁	一九〇五円	〒二一〇円